El Elefante con rayas
Ser único…ser distinto

Anita V. Sanders

Contenido:

Capítulo 1
El nacimiento extraordinario

En el corazón de la sabana africana, donde el sol brilla con intensidad y la vida vibra en cada rincón, nació un elefante extraordinario. No era un elefante común y corriente, sino uno que desafiaba las expectativas y rompía con las normas. Este pequeño ser, que apenas abría sus ojos al mundo, estaba cubierto de rayas blancas y negras, como si una cebra le hubiera prestado su pelaje.

El alboroto no se hizo esperar. La manada de elefantes, atónita y perpleja, observaba al recién nacido. Los sonidos guturales de sorpresa y los murmullos de confusión llenaban el aire. Jamás habían visto algo igual. Las madres elefantes levantaban a sus crías con sus trompas para que pudieran observar al peculiar elefante a rayas. Los más ancianos de la manada, con sus colmillos curtidos por el tiempo, hablaban en voz baja, tratando de encontrar una explicación a este evento sin precedentes.

Mientras tanto, la madre del elefante a rayas, con ojos llenos de amor y ternura, lo protegía con su enorme trompa. A pesar de la conmoción que causaba su hijo, ella lo veía como un ser perfecto, único y especial. Lo llamó Rayas, un nombre que reflejaba su singular pelaje y que, sin duda, marcaría su destino.

La noticia del nacimiento del elefante a rayas se extendió rápidamente por todo África. Animales de todas las especies se acercaban con curiosidad para verlo. Algunos se burlaban, otros lo miraban con recelo, pero también había quienes lo admiraban por su peculiar belleza.

El pequeño Rayas, ajeno a las reacciones que provocaba, crecía sano y fuerte. Sus rayas blancas y negras se convertían en un símbolo de su particularidad. A medida que exploraba el mundo que lo rodeaba, aprendía a desenvolverse en un entorno que no siempre lo comprendía.

El nacimiento de Rayas no solo fue un acontecimiento extraordinario en la sabana, sino que también marcó el inicio de una historia llena de aventuras, lecciones y valores que lo llevarían a descubrir su verdadero lugar en el mundo.

Capítulo 2
La búsqueda de identidad

Rayas, el elefante con líneas horizontales y verticales, crecía con una curiosidad insaciable. Observaba a los demás elefantes, con su piel gris uniforme, y se preguntaba por qué él era diferente. ¿Por qué tenía esos tatuajes aburridos? ¿Qué significaba ser un elefante a rayas?

Un día, Rayas decidió buscar respuestas. Se dirigió a la parte más sabia de la sabana, donde habitaba un viejo árbol baobab, conocido por su conocimiento ancestral.

"Abuelo Baobab", preguntó Rayas con timidez, "¿por qué soy diferente a los demás elefantes?".

El árbol, con su voz profunda y resonante, respondió: "Rayas, la diferencia no es una maldición, sino una bendición. Tus rayas te hacen único y especial. Eres un regalo para la sabana".

Las palabras del Abuelo Baobab llenaron de esperanza el corazón de Rayas. Sin embargo, aún tenía muchas preguntas. ¿Qué lugar ocupaba en la manada? ¿Cómo podían aceptarlo siendo tan diferente?

Decidido a encontrar su lugar, Rayas se embarcó en un viaje por las estepas africanas. En su camino, se encontró con animales de todas las especies. Algunos lo aceptaban y lo celebraban por su singularidad, mientras que otros lo rechazaban por ser diferente.

Un día, Rayas se encontró con un grupo de cebras. Al ver sus rayas, las cebras lo recibieron con alegría. "Eres uno de nosotros", le dijeron. "Eres una cebra".

Rayas se sintió feliz por primera vez en mucho tiempo. Al fin había encontrado un lugar donde encajaba. Sin embargo, algo en su interior le decía que no era del todo correcto. No era una cebra, era un elefante.

Un león sabio, al observar la confusión de Rayas, se le acercó y le dijo: "No es necesario que encajes en un molde. Eres un ser único, con tus propias características y habilidades. Tu lugar en el mundo está en aceptarte y ser tú mismo".

Las palabras del león resonaron profundamente en Rayas. Finalmente, comprendió que no necesitaba ser como los demás para ser feliz. Su valor no dependía de la aceptación de los otros, sino de su propia aceptación.

A partir de ese momento, Rayas se llenó de confianza y seguridad. Decidió regresar a la manada de elefantes, no para ser como ellos, sino para compartir su singularidad y enseñarles el valor de la diferencia.

Al volver, Rayas fue recibido con sorpresa por la manada. Sin embargo, esta vez, la sorpresa no era por sus rayas, sino por la seguridad que emanaba de su ser. Cuando alguien se reía de él, Rayas lo tomaba con humor, demostrando que esas palabras no lo herían, sino que mostraban lo maleducado que era el otro. Rayas les habló de sus experiencias y les enseñó que la diversidad es una riqueza que debe ser celebrada; que todos somos diferentes de alguno modo u otro, que todos tenemos fortalezas y habilidades distintas, y a la vez, que todos somos débiles en otros aspectos, por eso la importancia de ayudarnos mutuamente y de no burlarnos.

Con el tiempo, Rayas se convirtió en un líder respetado por la manada. Su historia inspiró a otros a aceptarse a sí mismos y a valorar las diferencias. La sabana se convirtió en un lugar más tolerante y armonioso gracias al legado del elefante a rayas.

Moraleja: La búsqueda de identidad es un viaje personal que nos lleva a descubrir nuestro verdadero valor. Ser diferente no es una desventaja, sino una oportunidad para brillar con luz propia. Aceptarnos a nosotros mismos y celebrar nuestras diferencias nos permite construir un mundo más diverso y armonioso.

Capítulo 3
El valor de la diferencia

El regreso de Rayas a la manada de elefantes marcó un antes y un después. Su pelaje a rayas, que antes era motivo de burlas y recelo, se convirtió en un símbolo de aceptación y respeto; aunque muchos seguían dudando. Rayas, con su sabiduría y experiencia, se convirtió en un embajador del valor de la diferencia.

Un día, mientras los elefantes adultos bebían alrededor de un espejo de agua, Rayas y los elefantes más pequeños se encontraban en la cima de una colina. En esta oportunidad el elefante rayado les contó una historia.

"En una tierra lejana había un jardín lleno de flores. Todas las flores eran iguales, de la misma forma, color y aroma. Un día, una pequeña flor diferente brotó en el jardín. Era una flor multicolor, con una forma única y un aroma embriagador. Las demás flores, al verla tan diferente, la rechazaron y la ridiculizaron. La pequeña flor, triste y sola, comenzó a marchitarse.

Un colibrí, al observar la escena, se posó sobre la flor y le dijo: 'No te marchites, pequeña flor. Tu diferencia es tu belleza. El jardín necesita de tu color, tu aroma y tu forma para ser completo'.

Las palabras del colibrí animaron a la pequeña flor. Poco a poco, las demás flores comenzaron a verla con otros ojos. Se dieron cuenta de que su diferencia no era un defecto, sino una riqueza que completaba el jardín. A partir de ese día, la pequeña flor fue admirada y celebrada por su singularidad."

Al terminar la historia, Rayas miró a los demás elefantitos y les dijo: "Cada uno de nosotros es como una flor en el jardín de la vida. Todos somos diferentes, con nuestras propias características y habilidades. Y es esa diferencia la que nos hace especiales y únicos. La manada necesita de la diversidad para ser fuerte y prosperar. Debemos aprender a aceptarnos y a valorarnos, no solo por nuestras similitudes, sino también por nuestras diferencias."

Pero... mientras Rayas hablaba, y los elefantes adultos seguían bebiendo agua a cierta distancia, una manada de hambrientos leones se dirigían despacio hacia los elefantitos. Rayas lo advirtió y les dijo a los pequeños que corrieran hacia los adultos. Los leones vieron correr delante de ellos a esas criaturas indefensas, pero al percatarse que a lo lejos había una cebra solitaria prefirieron correr tras ella. Cuando más se acercaban, se iban dando cuenta que la cebra era más grande de lo que suponían, y cuando estuvieron a solo metros de cazarla, advirtieron que no era una cebra sino "Rayas" el elefante más grande de la sabana. Rayas uso sus largos y afilados colmillos para arrojar por los aires a cada león que se le cruzó, haciéndolos huir a todos.

Esta dantesca escena resonó profundamente en los corazones de los demás elefantes. Comenzaron a comprender que la diferencia no era una amenaza, sino una bendición que había salvado a sus crías. A partir de ese día, la manada se convirtió en un lugar más tolerante y armonioso,

donde las diferencias eran apreciadas
y celebradas.

Moraleja: La diferencia no es una
debilidad, sino una fortaleza. Aceptar
y celebrar la diversidad nos permite
construir un mundo más rico, vibrante
y lleno de posibilidades.

Capítulo 4
La amistad sin fronteras

La fama de Rayas, el elefante tatuado, se extendió por toda el África. Animales de todas las especies acudían a él para escuchar sus historias y aprender sobre el valor de la diferencia. Entre ellos, un pequeño rinoceronte llamado Rino se convirtió en su mejor amigo.

Rino era un animal tímido y reservado. A diferencia de los demás rinocerontes, no rugía con ferocidad ni le gustaba jugar a la lucha. Prefería leer libros bajo la sombra de un árbol o escuchar las historias de Rayas.

Un día, mientras Rino y Rayas conversaban bajo un cielo estrellado, Rino le dijo: "Me siento diferente a los demás rinocerontes. No me gusta rugir ni pelear. Me siento más cómodo leyendo y contando historias."

Rayas, con su mirada comprensiva, le respondió: "Amigo, la diferencia no es algo malo. Es lo que te hace único y especial. No necesitas ser como los demás para ser feliz. Sé tú mismo y no tengas miedo de mostrar tu verdadera naturaleza."

Las palabras de Rayas animaron a Rino. Comenzó a aceptar su propia naturaleza y a dejar de lado las expectativas de los demás. Se dio cuenta de que podía ser un rinoceronte fuerte y valiente a su manera, sin necesidad de rugir o luchar.

La amistad entre Rayas y Rino se fortaleció con el tiempo. Se apoyaban mutuamente y celebraban sus diferencias. Juntos, exploraban la sabana, aprendían cosas nuevas y defendían el valor de la amistad sin fronteras.

Un día, mientras caminaban por la pradera, se encontraron con un grupo de hienas que se burlaban de Rino por tener anteojos para leer. "No eres un rinoceronte de verdad, tienes cuatro ojos, no dos", le decían. "Eres un rinoceronte débil y cobarde."

Rino, sintiéndose vulnerable, miró a Rayas en busca de apoyo. Rayas, con su voz firme y segura, se dirigió a las hienas y les dijo: "Rino es un rinoceronte tan fuerte y valiente como cualquier otro. Su diferencia no lo define, sino que lo hace único. La verdadera fuerza reside en la aceptación y el respeto hacia los demás, sin importar las diferencias."

Y mientras las hienas dudaban de lo que escuchaban, una cría de éstas se dispuso a comer una hierba de color naranja que crecía entre unas rocas, pero al advertirlo Rino gritó "¡Detente!, esa hierba es venenosa!". La hiena más anciana se acercó y verificó lo que decía Rino, advirtiendo que era cierto.

Resulta que ese arbusto pequeño solo nacía cada 100 años, y que el conocimiento sobre sus peligros era transmitido de padre a hijos, de generación en generación, a través de los años. La anciana hiena le preguntó a Rino cómo supo de esas características, y éste le respondió que a través de un libro.

Las palabras de Rayas resonaron en las hienas, que se sintieron avergonzadas por su comportamiento. Se disculparon con Rino, supieron de su poder de conocimientos a través de la lectura de libros y prometieron no volver a burlarse de él.

Rino, con la ayuda de Rayas, había aprendido a defenderse y a no dejar que las opiniones de los demás lo definieran. Su amistad se convirtió en un símbolo de la unión y la aceptación, sin importar las diferencias de raza, especie o carácter.

Moraleja: La amistad no conoce fronteras. Los verdaderos amigos se aceptan y se apoyan mutuamente, sin importar las diferencias. La amistad nos permite crecer, aprender y ser mejores personas.

Capítulo 5
La importancia
de la aceptación

El elefante a rayas, había recorrido un largo camino en su búsqueda de identidad. Había aprendido que todos los seres tienen diferencias y por eso los hace únicos; pero que hay muchos, que, sin razones, juzgan las deferencias de los demás como feas y por eso se creen con derecho de burlarse de ellas. Rayas sentía que aún le hacía falta entender algo más.

Un día, mientras paseaba por la pradera, se encontró con un viejo búho sabio. El búho, con sus ojos

penetrantes, vio la lucha interna de
Rayas y le dijo:

"Rayas, veo que has aprendido a
aceptar a los demás, pero aún no te
has aceptado a ti mismo. Tus rayas de
cebra no son una maldición, sino una
bendición. Te hacen único y especial.
Debes aprender a amarlas y a
celebrarlas".

Las palabras del búho resonaron en el corazón de Rayas. Se dio cuenta de que tenía razón. No podía amar a los demás si no se amaba a sí mismo. Comenzó a observar sus rayas con detenimiento y a descubrir la belleza que encerraban. Vio cómo las rayas reflejaban la luz del sol y creaban un espectáculo de colores. Vio cómo sus tatuajes negros y grises lo diferenciaban de los demás elefantes y lo hacían único.

Un día, mientras Rayas se bañaba en el río, vio su reflejo en el agua. Por primera vez, no vio un elefante diferente, sino un elefante hermoso, con rayas que lo hacían único. Se llenó de una profunda alegría y amor propio. Entendió, que para amar a los demás, primero se debe amar a sí mismo.

Desde ese día, Rayas se convirtió en un embajador de la aceptación. No sólo transmitía el mensaje de aceptar a los demás por sus diferencias, sino que también debían amar las cualidades que los hacían únicos y con las cuales podían hacer cosas únicas.

La sabana se convirtió en un lugar más tolerante y armonioso gracias a la sabiduría y el amor de Rayas.

Moraleja: La aceptación comienza por uno mismo. Solo cuando nos aceptamos y amamos a nosotros mismos podemos amar y aceptar a los demás.

Capítulo 6
La lucha contra el bullying

La fama de Rayas, el elefante a rayas, se extendía por la sabana como la hierba fresca en la estación lluviosa. Su historia de aceptación y respeto había inspirado a muchos animales, pero también había despertado la envidia de algunos. Un grupo de elefantes, liderados por Bruno, un paquidermo de color gris oscuro y mirada hostil, se burlaban constantemente de Rayas por ser diferente. Lo llamaban "monstruo" y "bicho raro", y sus risas resonaban en la pradera como un eco de crueldad.

Un día, mientras Rayas caminaba con paso firme hacia el río, se encontró con el grupo de elefantes que transitaban para el mismo lugar, con paso lento sobre la carretera asfaltada. Bruno, con su voz áspera y sarcástica, le dijo: "¿Qué haces aquí, monstruo? Asustas a todos con tus rayas extrañas. Deberías esconderte en la selva donde nadie te vea."

Las palabras de Bruno hirieron el corazón de Rayas, pero no lo intimidaron. Se irguió con su majestuosa presencia y, con una voz serena y firme, respondió: "He escuchado sus burlas durante demasiado tiempo. No soy un monstruo ni un bicho raro. Soy un elefante diferente, como muchos otros animales en la sabana. La diferencia no es un defecto, sino una riqueza. Deberían aprender a aceptar y respetar a los demás, sin importar su apariencia o sus características."

Y mientras estaban distraídos por el intercambio de palabras, nadie había advertido que un camión inmenso, conducido por un humano, venía en dirección hacia ellos. Los elefantes se apartaron de la carretera, pero Bruno, que tenía el color gris oscuro del asfalto se quedó paralizado del miedo. El conductor del camión estuvo a punto de atropellarlo, ya que no alcanzaba a diferenciarlo del camino, pero gracias a Rayas que se interpuso, el camionero se sorprendió al ver a este elefante tan extraño, que giró

fuertemente el volante, esquivando a los dos elefantes.

Ante tal hazaña, y comprendiendo que a veces lo que se cree "normal" es una desventaja, y por el contrario "lo diferente" es beneficioso, los elefantes que se burlaban de Rayas reflexionaron. Los bravucones, habían demostrado que sólo eran fuertes en apariencia, y que en realidad un "débil" los había salvado, y por eso se llenaron de vergüenza, bajaron sus trompas y pidieron disculpas.

Rayas, con su sabiduría y paciencia, les habló a los elefantes sobre la importancia de la tolerancia y el respeto. Les contó historias de otros animales que también eran diferentes y que habían logrado grandes cosas. Les enseñó que la diversidad era una fuente de riqueza y que la verdadera fuerza reside en la aceptación y la unión.

A partir de ese día, los prepotentes elefantes se transformaron. Dejaron de molestar a los demás animales y se convirtieron en ejemplos de inclusión y armonía en la sabana. Bruno, en particular, se convirtió en un fiel amigo de Rayas, y juntos defendieron el valor de la diferencia en cada rincón del bosque.

Moraleja: No podemos tolerar el bullying. Debemos enfrentar a los que nos molestan por ser diferentes y enseñarles el valor de la aceptación y el respeto. La unión y la tolerancia son las armas más poderosas para construir un mundo mejor.

Capítulo 7
El poder de la autoestima

Rayas había recorrido un largo camino en su viaje de autodescubrimiento. Había aprendido a aceptar su diferencia, a amar sus rayas y a luchar contra el bullying. Sin embargo, aún le faltaba un paso importante: desarrollar una autoestima fuerte y defender sus valores con convicción.

Un día, mientras paseaba por la pradera, se encontró con un viejo tigre sabio. El tigre, con su mirada penetrante, vio la inseguridad en el corazón de Rayas y le dijo:

"Rayas, has logrado mucho, pero aún te falta creer en ti mismo. Tienes un valor incalculable y debes defender tus valores con firmeza. La autoestima es la base del éxito y la felicidad. Debes trabajar en ella cada día."

Las palabras del tigre resonaron en el corazón de Rayas. Se dio cuenta de que tenía razón. No podía ser un líder y un defensor de la aceptación si no tenía confianza en sí mismo.

Rayas comenzó a trabajar en su autoestima. Se repetía afirmaciones positivas cada día, se concentraba en sus fortalezas y enfrentaba sus miedos con valentía. A medida que su autoestima crecía, también crecía su confianza en sí mismo y su capacidad para defender sus valores.

Un día, un grupo de cazadores llegó a la sabana. Los cazadores, con sus armas y su crueldad, amenazaron con destruir el hogar de Rayas y de los demás animales. Rayas, sin dudarlo, se puso al frente de la manada y con una voz firme y segura les dijo a los cazadores:

"No permitiremos que destruyan nuestro hogar. Esta sabana es nuestro hogar y lo defenderemos con nuestras vidas. Respeten la naturaleza y los animales que aquí habitamos."

Los cazadores, sorprendidos por la valentía y la determinación de Rayas, se retiraron de la sabana. Rayas se convirtió en un héroe para la manada y un símbolo de la defensa del medio ambiente.

Moraleja: La autoestima es la base del éxito y la felicidad. Debemos trabajar en ella cada día para poder defender nuestros valores con convicción.

Capítulo 8
La unión hace la fuerza

El elefante tatuado había incorporado muchas lecciones en su viaje de autodescubrimiento. Ahora, estaba listo para poner en práctica todo lo que había aprendido y ayudar a los demás. Un atardecer de primavera, el cielo rugía con rayos y truenos; la lluvia caía a cántaros. Un pequeño pajarito, empapado y tembloroso, observaba con desesperación cómo sus huevos, a punto de eclosionar, se habían desprendido del nido y ahora yacían en el suelo, a merced de la tormenta.

De repente, una trompa enorme y gentil se posó frente a él. Era Rayas, que al ver la aflicción del pajarito, comprendió de inmediato la situación.

Con su trompa, levantó cuidadosamente los huevos, uno por uno, y los depositó en un lugar seguro dentro de su oreja. La suave piel de

Rayas les brindaba calor y protección mientras la tormenta amainaba.

El pajarito, rebosante de agradecimiento, se posó sobre la cabeza de Rayas, piando con alegría. Juntos, esperaron a que la lluvia se detuviera y el sol volviera a brillar.

Cuando llegó el momento, Rayas, con su trompa, levantó al pajarito y lo depositó en un nuevo nido que había construido con ramas y hojas secas. El pajarito, con sus huevos a salvo y una nueva casa, no pudo contener su felicidad y entonó una hermosa canción de agradecimiento.

Rayas, con una sonrisa en su rostro, se alejó, dejando atrás un pequeño nido lleno de esperanza y un pajarito que jamás olvidaría su bondad.

Cuando sus amigos le preguntaron qué pasó con ese pajarillo, el elefante a rayas les contó lo ocurrido y enseñó a los animales el valor de la amistad, la cooperación y la confianza. Les demostró que trabajando juntos podían lograr grandes cosas, incluso aquellas que parecían imposibles. Los animales, inspirados por el ejemplo de Rayas, se convirtieron en un grupo fuerte y unido, capaz de afrontar cualquier desafío.

Moraleja: La unión hace la fuerza. Cuando trabajamos juntos, podemos lograr cosas increíbles.

Capítulo 9

La belleza de la diversidad

Un día, mientras Rayas bebía de un arroyo, se encontró con un grupo de animales muy diferentes entre sí. Había un león majestuoso, una jirafa elegante, un mono travieso, una tortuga sabia y un colibrí lleno de color. Rayas, intrigado por la diversidad del grupo, se acercó a ellos y comenzó a conversar.

Cada animal le contó a Rayas sobre sus habilidades y talentos únicos. El león le habló de su fuerza y su liderazgo, la jirafa de su altura y su capacidad para observar desde lejos, el mono de su agilidad y su sentido del humor, la tortuga de su sabiduría y su paciencia, y el colibrí de su belleza y su capacidad para volar.

Rayas, fascinado por las historias de los animales, confirmó lo que siempre había pensado, o sea, que la diversidad era una riqueza. Cada animal, con sus características únicas, tenía algo especial que ofrecer al mundo. La sabana era un lugar más hermoso y vibrante gracias a la diversidad de sus habitantes. Solo había que descubrir lo que hace único a una persona y explotar ese beneficio, y tratar de mejorar en los puntos en que uno es débil.

A partir de ese día, Rayas se convirtió en un defensor de la diversidad. Les enseñaba a los demás animales que las diferencias no eran motivo de división, sino de unión. Les demostraba que todos, sin importar su apariencia o sus características, tenían algo importante que aportar al mundo.

Moraleja: La diversidad es una riqueza. Todos tenemos algo especial que ofrecer al mundo.

Capítulo 10
Un legado de aceptación

Rayas se sentía afortunado de llevar una vida llena de aprendizaje y transformación. Ahora, al final de su vida, estaba listo para dejar un legado de aceptación para las futuras generaciones.

Reunió a todos los animales de la sabana y con su voz sabia y serena les dijo:

"Queridos amigos, he recorrido un largo camino en mi vida. He aprendido que la diferencia no es un defecto, sino una fortuna. He aprendido que todos tenemos algo especial que ofrecer al mundo. He aprendido que la verdadera fuerza reside en la aceptación, el respeto y el amor.

Quiero dejarles un legado de aceptación. Quiero que todos ustedes aprendan a aceptarse a sí mismos y a los demás, sin importar su apariencia, sus características o sus creencias. Quiero que vivan en un mundo donde la diversidad sea celebrada y donde todos se sientan valorados y respetados.

Recuerden siempre: la diferencia nos hace más fuertes. Cuando nos aceptamos y valoramos, podemos construir un mundo más bello, más armonioso y más lleno de posibilidades."

Las palabras de Rayas resonaron en el corazón de todos los animales. Se miraron entre sí con ojos llenos de esperanza y comprensión. Prometieron seguir el legado de Rayas y construir un mundo mejor para las futuras generaciones.

Moraleja: La aceptación es el legado más valioso que podemos dejar.

Fin

Otras obras literarias infantiles de la autora que encontrarás en esta plataforma:

- Los desafíos de ser mamá
- Cómo convertirse en un hada de la vida real
- La Jirafa sabia
- El Gato que se convirtió en Unicornio
- Las Aventuras de Rex -El Tiranosaurio Astronauta-.
- Las Locas Aventuras del Loro Pirata
- El Oso Travieso
- El delfín valiente
- Valentín, el mono aviador
- El elefante con rayas
- La travesía de Rusky

######O######

www.ingramcontent.com/pod-product-compliance
Lightning Source LLC
Chambersburg PA
CBHW061633130726
47996CB00003B/1260